MEN

남자는
섹스 말고

무엇을
생각하는가

SEX

 버들미디어

남자는 섹스 말고
무엇을 생각하는가

편집부 지음
이인북스 편집

2011년 5월 6일 초판 1쇄 인쇄
2011년 5월 12일 초판 1쇄 발행

펴낸이 마복남 | **펴낸곳** 버들미디어 | **등록** 제 10-1422호
주소 서울시 마포구 합정동 359-27
전화 (02)338-6165 | **팩스**(02)323-6166
E-mail : bba666@naver.com

ISBN 978-89-6418-021-1 03810

※책값은 표지 뒷면에 표시되어 있습니다.

Life admits not of delays.
인생은 미루는 것을 허락지 않는다.

Youth will have its course.
젊음은 그 나름의 갈 길을 갖고 있다.

Water finds its own level.
물은 가만 두어도 수평으로 된다.

Winter eats what summer gets.
여름이 얻어 둔 것을 겨울이 먹는다.

Every one thinks his own burden the heaviest.

누구나 자기 짐이 가장 무겁다고 생각한다.

He who knows nothing is confident in everything.
아무 것도 모르는 사람은 모든 것에 자신이 있다.

The fall of a leaf heralds the advent of autumn.

낙엽 한 잎은 가을이 다가옴을 알린다.

Every shadow points to the sun.

모든 그림자는 태양을 가리킨다.

Better to ask than go astray.
길을 묻는 것이 헤매는 것보다 낫다.

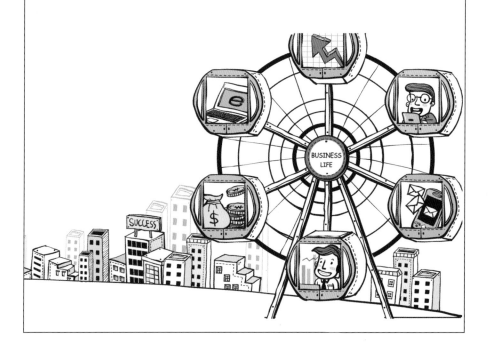

What the heart thinks the mouth speaks.
생각은 입으로 나오는 것이다.

Make hay while the sun shines.
해가 비출 동안에 건초를 만들어라.

Lost time is never found again.
잃어버린 시간은 다시 찾지 못한다.

There is always room at the top.
꼭대기에는 언제나 자리가 있다.